FRAGMENS,

COMPOSÉS DE L'ACTE

D'*EUTHYME ET LYRIS*,

NOUVEAU BALLET-HÉROÏQUE,

EN UN ACTE;

*ET DE CELUI D'*ARUÉRIS, *OU LES* ISIES,

DES FÊTES DE L'HIMEN.

REPRÉSENTÉS

PAR L'ACADÉMIE ROYALE

DE MUSIQUE,

Le Mardi 1er Octobre 1776.

PRIX XXX. SOLS.

A PARIS,

Chés DELORMEL, Imprimeur de ladite Académie, rue du Foin,
à l'Image Sainte Genevieve.

On trouvera des Exemplaires du Poeme à la Salle de l'Opera.

M. DCC. LXXVI.

AVEC APPROBATION ET PRIVILEGE DU ROI.

Le Poëme est de M. BOUTELLIER.

La Musique est de M. DÉSORMERI.

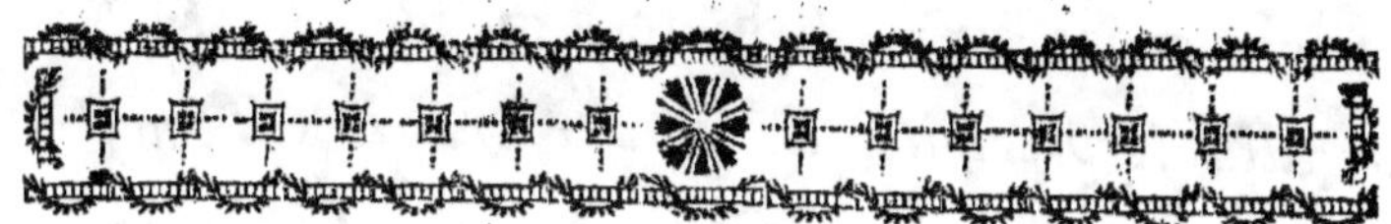

AVERTISSEMENT.

*L*YBAS *étoit de l'Armée d'Ulysse. La Flotte de ce Prince ayant été jettée par une tempête sur les côtes de l'Italie, Lybas insulta une jeune fille de Témesse, que les Habitans de cette ville vengerent, en tuant le Grec. Mais bientôt après les Témessiens furent affligés de tant de maux, qu'ils pensoient à abandonner leur ville ; quand l'Oracle d'Apollon leur conseilla d'appaiser les Mânes de Lybas, en lui faisant bâtir un temple, & en lui sacrifiant, tous les ans, une jeune fille. Ils obéirent à l'Oracle, & Témesse n'éprouva plus de calamités.*

Quelques années après, un brave Athléte, nommé Euthyme, s'étant trouvé à Témesse, dans le temps qu'on alloit faire le sacrifice annuel d'une jeune fille, il entreprit de la délivrer, & de combattre le génie de Lybas. Le Spectre parut, en

4

vint aux mains avec l'Athléte , fut vaincu , & de
rage alla *se* précipiter dans la Mer. Les Témessiens rendirent de grands honneurs à Euthyme,
lequel épousa la jeune fille qui devoit être immolée.

Dict. de la Fable : Pausanias , Liv. 6.

EUTHYME
ET
LYRIS,
BALLET-HÉROÏQUE.

PREMIÈRE ENTRÉE.

A

ACTEURS ET ACTRICES
CHANTANTS DANS LES CHŒURS.

CÔTÉ DU ROI.		CÔTÉ DE LA REINE.	
Mesdemoiselles.	*Messieurs.*	*Mesdemoiselles.*	*Messieurs.*
Dubuiffon.	Cailteau.	Chateauvieux	Candeille.
Dauterive.	Héri.	d'Agée.	Vatelin.
	Lagier.		Tourcati.
Veron.	Martin.	Desrofières.	Capoi.
	le Grand.	Chenais.	Ghuiot.
Garrus.	Lhofte.		Jacquier.
	Boi.	Demerey.	Méon.
Duffée.	Huet.	Thaunat.	Cleret.
Defivri.	Itaffe.		Tacuffet.
	Parant.	Conftance.	Baillon.
Rouxelin.	Jouve.	St. Aubin.	de Lori.
Sanctus.	Jalaguier.	Laurence.	Fagnan.
	Moulin.		Pouffez.
Prevoft.		Gervilliers.	

ACTEURS CHANTANS.

EUTHYME, *fameux Athléte*,   M. l'Arrivée.
LYRIS, *jeune Témeſſienne*,   Mˡˡᵉ Arnould.
ATHIS, *ami d'EUTHYME*,   Mʳ Lainés.
LE GRAND SACRIFICATEUR
   DE LYBAS,   Mʳ Gélin.
LE SPECTRE DE LYBAS,   Mʳ Peré.
L'AMOUR,   Mˡˡᵉ Virginie.
COMPAGNES DE LYRIS.
PRÊTRES DE LYBAS.
PEUPLE DE TÉMESSE.
LES DIEUX MANES.
GRACES, AMOURS.

La Scêne eſt à TÉMESSE, en Italie.

PERSONNAGES DANSANTS.

GRACES.

Mlles LAFOND, D'ELFEVRE, DUBOIS.

M^rs. Doffion, Olivier, Barré, Cafter, Giguet, Guillet.

Mlles. Mulaire, Duval, Efther, Durville, Thifte, le Blanc.

PLAISIRS.

M. VESTRIS.   Mlle. HEINEL.

M. VESTRIS f.,   Mlle. ASSSELIN.

PEUPLES.

M. GARDEL, l.

M^rs le Doux, le Breton, Hennequin l., le Bel, Petit, du Chaifne.

Mlles. l'Huillier, Richer, Jonveau, du Parc, Augufte, Thevenet.

EUTHYME ET LYRIS,

BALLET-HÉROÏQUE.

Le théâtre repréfente un Temple fouterrain. Sur un des côtés eft le tombeau de LYBAS, *& un autel teint de fang.*

SCÈNE PREMIÈRE.

LYRIS, *feule.*

MÂNES facrés que Témeffe révère,
Au même inftant, peut-être, que le fort,
Hélas! me condamne à la mort,
Quel aveu viens-je ici vous faire?

Vainement j'ai bravé l'amour,
Euthyme regne fur mon âme....
Ah! n'en murmurés pas, prête à perdre le jour,
Rien encor n'a trahi ma flâme ;
Vous feuls favés le fecret de mon cœur,
Et mon amant ignore mon ardeur.

Mânes facrés, *&c.*

Euthyme vient, ô ciel! évitons fi je puis....

SCÊNE II.

EUTHYME, LYRIS.

EUTHYME.

Vous me fuyés, inhumaine Lyris?
Rien ne peut-il calmer votre injufte colère?
Ne pourrai-je jamais parvenir à vous plaire?
Du plus beau feu mon cœur fe fent épris,
Et vos rigueurs en font le prix.

LYRIS.

Pour me parler d'une tendreffe vaine,
Ofés-vous pénétrer jufques dans ce féjour,
Et fon horreur convient-elle à l'amour?

EUTHYME.

Ah! si vous approuviés le penchant qui m'entraîne ,
Vous seriés moins sensible à l'aspect de ces lieux ;
Tout s'embellit où l'on voit vos beaux yeux.

Du Dieu de Cythère
Quand on ressent les feux,
Est-il d'asile ténébreux
Que son divin flambeau n'éclaire ?
C'est un guide charmant qui porte la lumière,
Sur les pas des amans heureux.

LYRIS.

Peut-on, dans l'esclavage,
Goûter quelque félicité ?
Quel bien vaut l'avantage
De conserver sa liberté !

EUTHYME.

Ne cesserés-vous point un si cruel langage ?
Comme Vénus vous savés tout charmer ,
Comme elle , hélas ! ne sauriés-vous aimer ?
Vainement on veut s'en défendre ,
A l'amour, tôt ou tard , il faut enfin se rendre ;
Mais votre cœur jamais ne pourra s'enflâmer
Pour un amant plus constant, ni plus tendre.

Comme Vénus , &c.

LYRIS.

Non, ne vous flattés pas que jamais je m'engage
Sous les loix de ce Dieu séducteur & volage.

EUTHYME.

Enfant de la beauté,
L'Amour ne vôle qu'après elle;
Et ce n'est que par une belle
Qu'il veut être arrêté :
Enfant de la beauté,
L'Amour lui fut toujours fidèle.

LYRIS.

Pour n'être qu'un enfant,
L'Amour n'en est pas moins à craindre,
Et n'en fait pas moins feindre.
A fuir son funeste penchant
Un cœur ne peut trop se contraindre.
Si l'on ne trouvoit de douceur
Qu'à porter ses chaînes,
En nous conduisant au bonheur,
Devroit-il donc nous causer tant de peines !

Pour n'être, &c.

EUTHYME.

Contre l'Amour votre cœur prévenu
Veut affecter en vain une vertu sévère ?

Vos

Vos difcours, vos regards décèlent le myftère,
  Et me font voir un rival inconnu
Que votre âme, en fecret, chérit & me préfère.

L Y R I S, *vivement.*

  Moi, j'aimerois... ô ciel! que dites-vous?
Gardés-vous d'écouter ce fentiment jaloux :
    Mon indifférence eft extrême...
  (*à part.*)
Mon cœur, hélas! eft prêt à fe trahir lui-même.

E U T H Y M E.

  Quand je voudrois prolonger mon erreur,
    Ce tranfport, pour vous en défendre,
    Ne doit-il pas m'en faire affés entendre ?
Perfide, vous m'ôtés jufques à la douceur
De me cacher encor vos feux & mon malheur.

L Y R I S, *avec tranquilité.*

Diffipés vos foupçons, & regardés ce temple ;
Des dangers de l'amour & de fes châtimens,
Il préfente à nos yeux un affés trifte exemple :
    Ah! peut-on, lorfqu'on le contemple,
Ofer s'abandonner à fes cruels penchants?
Pour appaifer Lybas & fes mânes errants,
Nous fouffrons, tous les ans, des maux illégitimes :

B

Une fille à l'autel doit recevoir la mort :
Mon nom eſt joint à celui des victimes,
Je vais ſavoir l'arrêt du ſort.

(*Elle entre au fond du temple.*)

SCÈNE III.

EUTHYME ſeul.

Rien n'a pu ſurmonter ſa fière indifférence :
L'inhumaine me fuit, & rit de mon ardeur.
Quel prix de ma perſévérance!...
Ah! rougiſſons auſſi d'une indigne langueur!

Venés gloire, raiſon, le dépit vous rappelle,
Venés regner à votre tour.
Faites-moi triompher d'une flâme rebelle;
La gloire des Héros eſt de vaincre l'amour :
Banniſſés de mon cœur une beauté cruelle,
Et de ma liberté célebrés le retour.

Venés gloire, &c.

SCÈNE IV.

EUTHYME, ATHIS.

CHŒUR, derrière le théâtre.

O Jour fatal ! victime infortunée !

EUTHYME.

Qu'entends-je?.. Athis, que m'annoncent tes pleurs ?

ATHIS.

Le plus grand des malheurs.
Par le fort, en courroux, Lyris eft condamnée ;
Tant d'appas méritoient, hélas ! moins de rigueurs.

ATHIS & LE CHŒUR, derrière le théâtre.

O jour fatal ! victime infortunée !

EUTHYME.

Jufte ciel ! je fremis … Athis, quelles horreurs !

ATHIS.

Rien ne peut la fauver du coup qu'on lui prépare,
Elle va fubir le trépas.

EUTHYME, avec tranfport.
Non, ce facrifice barbare,
Ami, crois moi, ne s'accomplira pas.

B ij

Ah ! malgré les rigueurs dont sa fierté m'accable,
Le danger qui la presse excite ma fureur :
Je prétends l'arracher à son sort déplorable.

ATHIS.

Où vous emporte une trop vive ardeur ?
Redoutés pour vos jours tout un peuple en furie ;
C'est à lui qu'on la sacrifie.

EUTHYME.

Que le tonnerre gronde & tombe en mille éclats,
Plutôt que de souffrir un si cruel trépas.
Pour sauver ce que j'aime,
Tout deviendra possible à l'effort de mon bras :
Dans ma fureur extrême,
J'ôserai défier même les immortels ;
Je détruirai ce temple & ces sanglants autels,
Dûssent tous leurs débris m'ensevelir moi-même.

ATHIS.

O ciel daigne appaiser ses transports furieux !
Mais déjà le peuple s'avance,
Et pour répondre à son impatience,
Le grand prêtre conduit la victime en ces lieux.

SCÈNE V.

EUTHYME, ATHIS, LE GRAND SACRIFICA-
TEUR *de Lybas*, LYRIS, *parée en victime,
entourée des* PRÊTRES *de Lybas*, PEUPLE *de
Témesse, Compagnes de* LYRIS.

ATHIS, LE *CHŒUR*.

O Jour fatal ! victime infortunée !

LYRIS, *à sa Suite*.

Mes compagnes, cessés de répandre des pleurs ;
Je vais mourir pour vous, le sort m'a condamnée,
Heureuse, si ma mort finissoit vos malheurs.

LE GRAND SACRIFICATEUR.

O mânes de Lybas, ombre triste & plaintive,
   Suspendés vos gémissemens.
La victime descend sur l'infernale rive ;
   Voyés l'ardeur de nos empressemens.

CHŒUR DE *PRÊTRES* ET DE *PEUPLE*.

O mânes de Lybas, ombre triste & plaintive.
   Suspendés vos gémissemens.

(*Pendant ce Chœur on conduit* LYRIS *à l'autel.*)

LE GRAND SACRIFICATEUR.

Terminons fon impatience
Frappons...

EUTHYME, l'épée à la main, fond à travers les Prêtres, & leur enleve LYRIS.

Barbare, arrête...

LYRIS.

O Ciel! que faites-vous?

LE GRAND SACRIFICATEUR, avec le Chœur des PRÊTRES & du PEUPLE.

Mortel audacieux, qu'elle eft ton infolence?
Redoute de Lybas le trop jufte courroux.

EUTHYME.

Malgré les Dieux j'entreprends fa défenfe.

(Le tonnerre gronde, & le Théâtre eft dans la nuit.)

LE CHŒUR.

Quel bruit affreux!.. quels terribles éclats...
Le jour a fait place aux ténèbres...
Que d'abîmes la terre entrouvre fous nos pas!

LE GRAND SACRIFICATEUR.

Quels lugubres accens!...j'entends des cris funèbres...

N'en doutons point, Lybas est armé contre-nous.
(*Au Peuple.*)

Pour l'appaiser, courés à la vengeance.

EUTHYME l'arrêtant.

Ne craignés rien, Peuple, rassurés-vous ;
Je veux vous affranchir d'une injuste puissance.

(*à ATHIS & aux guerriers de sa suite, en leur
confiant la garde de LYRIS.*)

Veillés, ô mes amis, veillés sur ses appas.
Tranquile sur son sort, je brave le trépas ;
   C'est s'assurer de la victoire même,
Que servir sa patrie & sauver ce qu'on aime.

(*Le bruit redouble ; le SPECTRE sort de son
tombeau, & tout se calme.*)

SCÈNE VI.

LES ACTEURS PRÉCÉDENS.

LE SPECTRE DE LYBAS, *armé d'un glaive.*

LE GRAND SACRIFICATEUR.

LYbas paroît, frémissons tous d'éffroi :
   O ciel ! daigne nous faire grace.

CHŒUR de **PRÊTRES** & de **PEUPLE.**

O ciel ! daigne nous faire grace.

LE SPECTRE , à EUTHYME.

C'est trop souffrir ta sacrilége audace
Téméraire guerrier, qu'exiges-tu de moi ?

EUTHYME.

J'ôse te refuser le sang qu'on veut répandre,
Et contre l'enfer & les cieux
J'ôserai le défendre.

LE SPECTRE.

Il est tems d'arrêter tes transports furieux ;
Crains le trépas le plus affreux.
Venés Mânes, à mon exemple,
Venés venger mes autels & mon temple.

(*Le bruit recommence : le* S P E C T R E *combat*
E U T H Y M E ,*& les Dieux mânes armés de flambeaux,*
s'efforcent en vain de l'intimider & de le désarmer.)

LE CHŒUR.

Ah ! quel horrible bruit ! quels terribles éclats !
Dieux ! ne nous abandonnés pas.

LYRIS, ATHIS.

O Dieux ! ne l'abandonnés pas.

Par

(*Par un dernier effort EUTHYME repousse le SPECTRE & les Dieux Mânes jusques dans le tombeau. Au même instant la foudre éclate & tombe sur l'autel & sur le monument qui s'abyment avec EUTHYME, le SPECTRE, & les Dieux mânes : il sort à leur place des feux continuels de dessous le Théâtre.*)

SCÈNE VII.

LYRIS *évanouie,* ATHIS, *compagne de* LYRIS, GUERRIERS, ATHLÉTES, PRETRES *de* Lybas, PEUPLE.

ATHIS & LE CHŒUR.

QUel déluge de feux ! le monument s'allume..:
Euthyme... O sort fatal ! la flamme le consume.

(Le bruit cesse.)

LYRIS *revenue à elle-même.*

Ciel ! tout a disparu... quelle secrette horreur
S'empare de mes sens ?.. ferais-je criminelle ?..
Je ne vois point Euthyme, ô mortelle douleur !
Euthyme... hélas vainement je l'appelle.

C

A T H I S, & LE C H Œ U R.

O regrets superflus !
Le fidéle Euthyme n'est plus.

L Y R I S, *avec transport.*

Il n'est plus ?... c'est pour moi qu'il a perdu la vie ;
Quand il sauve mes jours, j'ai pu causer sa mort !..
Ah ! je dois partager son sort :
Euthyme, c'est à toi que je me sacrifie.

(Elle va pour se précipiter dans les flammes ; l'A-
mour paroît sur un nuage léger, & l'arrête. Dans
le même moment, le théâtre change & représente le
temple de l'Amour. EUTHYME est au pied des
autels de ce Dieu, enchaîné de fleurs, & entouré
des Graces & des Amours.)

SCÊNE DERNIERE.

LES ACTEURS PRÉCÉDENS.

L'AMOUR, EUTHYME, GRACES, AMOURS, PLAISIRS.

L'AMOUR, à LYRIS.

ARrête, & reconnois l'Amour.

LYRIS.

Daignés me rendre Euthyme !

L'AMOUR.

Il voit encor le jour.

LYRIS l'appercevant, & courant à lui.

Euthyme cher Euthyme, ah ! revois ton amante.

EUTHYME.

Ciel, qu'entends-je ? est-ce vous, trop aimable Lyris ;
Euthyme n'est-il plus l'objet de vos mépris ?

L'AMOUR.

Que n'obtient point une flamme constante !
Belle Lyris, couronnés son attente,
Chérissés ce Héros, il est digne de vous.

C ij

LYRIS.

Ah ! mon cœur s'est trahi....

EUTHYME.

Que cet aveu m'enchante!
Il me promet le deftin le plus doux.

L'AMOUR, *aux* PRÉTRES *de Lybas.*

O vous, d'un Dieu vengeur, miniftres odieux,
Difparoiffés; fuyés devant mes yeux.

(*Les* PRÉTRES *fe retirent.*)

(*Au Peuple.*)
Ceffés d'offrir aux Dieux un fanguinaïre hommage,
Peuples; un pur encens eft leur jufte partage.
Euthyme a fini tous vos maux;
Lybas porte aux enfers fon impuiffante rage:
Rendés graces à ce Héros.

EUTHYME, LYRIS.

DUO.

Brûlons d'une flamme éternelle,
Tendre Amour, reçois nos fermens:
Fidéles à tes loix, des plus parfaits amans
Nous ferons le modéle.

(*Le Peuple de Témeffe accourt pour rendre hommage à* EUTHYME, *& pour féliciter* LYRIS.)

DIVERTISSEMENT.

LE CHŒUR.

Eclatés bruyantes trompettes,
Annoncés les exploits d'Euthyme à l'univers ;
Il rend le calme à ces retraites :
Eclatés bruyantes trompettes,
Annoncés les exploits d'Euthyme à l'univers ;
Que de son nom retentissent les airs.

(On danse.)

ARIETTE.

L'amour se plaît parmi les jeux ; *
Mais il préfere la victoire,
Et c'est aux rayons de la gloire
Qu'il allume ses plus beaux feux.
Du prix flatteur dont il dispose
Il favorise les guerriers :
S'il cueille en passant une rose
Il se fixe sur les lauriers.

L'amour, &c.

FIN.

Un Ballet général termine l'acte.

---

* Cette Ariette n'est pas de l'Auteur.

ARUÉRIS

OU

LES ISIES.

DEUXIÈME ENTRÉE.

Les Paroles sont de CAHUSAC.
La Musique est de RAMEAU.

Aʀᴜᴇ́ʀɪs, reconnu chés les Égiptiens pour le Dieu des Arts , étoit fils ᴅ’Oꜱɪʀɪꜱ & ᴅ’Iꜱɪꜱ. Plutarque, qui rapporte ſa naiſſance extraordinaire , dit que ce Dieu fut le modéle ſur lequel les Grecs firent leur Apollon.

Les Iſies ou *Iſiennes* étoient des fêtes célébres inſtituées en l’honneur de la Déèſſe Iꜱɪꜱ , que les Egiptiens honoroient comme la Déèſſe univerſelle. * Les Hiſtoriens parlent de cette ſolemnité d’une maniere peu avantageuſe. Cependant les Egiptiens paſſoient pour le peuple le plus ſage de la terre, & les Prêtres d’Iſis étoient , ſelon Diodore & Plutarque, des Philoſophes extrêmement rigides. Ces fêtes , au reſte , étoient *un miſtère impénétrable*. Pauſanias raconte qu’un homme de Copte mourut ſubitement pour avoir voulu en révéler les ſecrèts. Ces particularités ont fait préſumer que , dans leur inſtitution , elles étoient telles, à peu-près qu’on les a miſes en ſcêne. Les reproches des Hiſtoriens ne tombent, ſans doute, que ſur les abus qui s’y étoient gliſſés depuis. Ne peuvent-ils pas corrompre les établiſſemens les plus reſpectables ?

* Elien , Hiſt. des Animaux, Liv. 10 Chap. 23.
Apulée , Liv. 11 , de ſes Métam.

ACTEURS CHANTANS.

ARUERIS, *Dieu des Arts*,   M. le Gros.
ORIE, *jeune Nimphe*,   Mlle. du Plant.
UN BERGER,   M. Tirot.
UNE BERGERE,   Mlle. Mallet.

A

PERSONNAGES DANSANTS.
ÉGIPTIENS, ÉGIPTIENNES.

M. MARCADET.

Mlles. ALLARD,   PESLIN.

M. GARDEL c.,   Mlle. DORIVAL.

Mlles. HIDOUX,   VERNIER.

M^{rs}. Trupti, Rivet, Desbordes, Dangui, le Roi 1re.
Balderoni, Lieffe, le Roi 2., Dupré, la Rue,
Ducel, Radix.

Mlles. le Houx, la Blottiere, Felmée, Lory, Dagé,
Dufrefnoi, Belletour, Regnard, Camille,
Courtori, Lilia, Neuville.

ARUÉRIS,
OU
LES ISIES.

Le Théâtre repréfente un Jardin orné.

SCÊNE PREMIERE.

ARUÉRIS.

LE bonheur de la terre eft le bien où j'afpire,
Les talens vont prêter des charmes aux loifirs :
J'affure, en fondant leur empire,
Des armes à l'amour, aux mortels des plaifirs.

A ij

Le Dieu des arts eſt l'appui de ta gloire :
Tendre amour, ſeconde ſes vœux ;
Éclaire l'objet de mes feux :
L'erreur qui le ſéduit balance ma victoire ;
Que ton flambeau brille à ſes yeux.

S C Ê N E II.

A R U É R I S , O R I E.

O R I E.

INgrat, pour les beaux arts votre amour ſe ſignale,
Dans les jeux que vous ordonnés.
Le prix dont vous les couronnés
Ne m'annonce que trop une heureuſe rivale.

A R U É R I S.

Les talens, à l'envi, par d'agréables jeux,
Vont célébrer d'Iſis la gloire & la naiſſance,
Et des vainqueurs, l'amour doit combler tous les vœux.
Je leur offre la récompenſe,
Qui peut ſeule être digne d'eux.
Les dons les plus brillans ſont votre heureux partage ;
Dédaignés-vous le prix qui leur eſt préſenté ?

O R I E.

Ces foibles dons, fur la beauté
Doivent-ils avoir l'avantage?

A R U É R I S.

A nos cœurs la beauté porte les premiers coups :
    Son aimable empire fur nous
    Triomphe de l'indifférence ;
Mais à des traits plus sûrs , & peut-être plus doux,
    L'amour conftant doit fa puiffance.

O R I E.

    Eh ! quels font ces traits précieux ?
    Leur pouvoir doit me faire envie ,
    Puifqu'ils font fi chers à vos yeux.

A R U É R I S.

    L'art des talens , aimable Orie ,
    Bannit l'ennui de nos loifirs.
Il faut, comme à la terre , à la plus belle vie ,
Ces charmes variés d'où naiffent les plaifirs.

    Cette plaine vafte & féconde
Ne préfente à nos yeux qu'une froide beauté ;
    Mais l'azur des cieux , répété
    Dans le criftal brillant de l'onde,
    Les bois, les valons, les côteaux,

L'émail des fleurs, & la verdure
Rendent toujours riant, par leurs divers tableaux,
Le spectacle de la nature.

O R I E.

L'amour suffit aux cœurs qu'il fait bien enflâmer.

A R U É R I S.

Ah ! je vous aime Orie, autant qu'on peut aimer...

O R I E.

De ces jeux solemnels quel est donc le mistère ?

A R U É R I S.

Souvent la sagesse des dieux
Cache le bien qu'elle veut faire
Sous un voile mistérieux.

O R I E.

Mais peut-être qu'aux loix d'un vainqueur odieux...

A R U É R I S.

N'en recevés que de vous-même.
Entrés dans la carrière, embellissés nos jeux.
Le triomphe de ce que j'aime,
Est le seul qui manque à mes vœux.
Entrés dans la carrière, embellissés nos jeux.

ORIE.

Je puis tout ôfer pour vous plaire...
Ah ! c'eft vainement que j'efpere :
Mes talens négligés doivent trop m'allarmer.
Hélas ! quand leur fecours me devient néceffaire,
Je n'ai plus que celui d'aimer.

ARUÉRIS.

C'eft le plus enchanteur ; lui feul les fait tous naître.
Eh ! que feroient les talens fans l'amour ?
Il les infpire, il les force à paroître,
Il leur prête fes traits, les place dans leur jour,
Et fa flâme eft leur premier maître.

(*On entend le prélude de la Fête.*)

(*à* ORIE.)   (*à part.*)

On vient... Triomphe Amour ; diffipe fon erreur.

(ORIE *fort.*)

SCÊNE III.

ARUÉRIS ÉGIPTIENS, *chantans*
& danfans.

ENTRÉE D'ÉGIPTIENS ET D'ÉGIPTIENNES,
qui viennent difputer le prix des arts & des talens.

ARUÉRIS.

Vos plaifirs & votre allégreffe
Sont pour Ifis l'encens le plus flatteur;
Que fa gloire & votre bonheur
Éclatent dans les jeux que j'offre à la déèffe.

ARUÉRIS *fe place fur un trône élevé fur le devant du
théâtre.*

HIMNE à ISIS, *pour le prix de la voix.*

UN BERGER.

Brillés fons enchanteurs, & volés jufqu'aux cieux;
De la divine Ifis célébrés la mémoire.

LE CHŒUR.

Que les échos de cet Empire heureux,
Retentiffent de fa gloire.

AIRS

AIRS PARODIÉS DU BALLET

pour la difpute du prix de la voix.

UNE *BERGERE.*

L'Amant que j'adore
Alloit former de nouveaux nœuds ;
J'entendis des oifeaux heureux,
Les chants amoureux
Au lever de l'aurore.

J'imitai leurs accens,
Mon Amant courut pour m'entendre :
Mes fons touchans
L'ont rendu fidéle & plus tendre
Je dois mon bonheur à mes chants ;

On continue le Ballet.

UN *BERGER* Jouant de la Mufette.

Ma Bergère fuyoit l'amour ;
Mais elle écoutoit ma Mufette.
Ma bouche difcréte
Pour ma flâme parfaite,
N'ôfoit demander du retour.

Ma Bergère auroit craint l'amour ;
Mais je fis parler ma Mufette.

B

Ses fons plus tendres chaque jour
Lui peignoient mon ardeur fecréte :
Si ma bouche étoit muette,
Mes yeux s'expliquoient fans détour.

Ma Bergere écouta l'amour,
Croyant écouter ma Mufette.

Le Ballet continue. Il eft interrompu par ORIE.

SCÊNE DERNIERE.

ARUÉRIS, ORIE,

ET LES ACTEURS DE LA SCÊNE PRÉCÉDENTE.

ORIE.

POur entendre ma voix, Peuple, suspens tes
Jeux.
     Naissés du transport qui me me presse,
       Naissés, accens harmonieux.
Charmes du sentiment, divine & douce yvresse,
     Passés dans mes chants amoureux.

     Enchantés l'Amant que j'adore,
     Sons touchans, secondés mes feux.
Allés jusqu'à son cœur, rendés plus tendre encore
     L'amour qui brille dans ses yeux.

     Sons brillans, hâtés-vous d'éclore,
    Volés, soyés l'image des Zéphirs.
     Amusés l'Amant que j'adore:
    Volés, soyés l'image des Zéphirs.

Peignés le doux penchant qui les ramene à Flore,
Gardés-vous d'exprimer leurs volages soupirs.

B ij

Qu'à jamais mon Amant ignore
Si l'inconſtance a des plaiſirs.

TOUS LES CHŒURS.

Ciel, quels accens !... Triomphés, belle Orie ;
Remportés le prix de la Voix.
Loin de nos cœurs les tourmens de l'envie !
L'amour ſeul nous donne des loix.

A R U É R I S, avec les CHŒURS.

Triomphés, belle Orie,
Remportés le prix de la Voix.

A R U É R I S.

A l'objet de vos vœux vous allés être unie,
Et ſa félicité ne dépend que de vous.

O R I E.

A l'Amour je dois ma victoire.
C'eſt pour lui dans ces jeux que j'ai cherché la
gloire ,
Et c'eſt de votre main que j'attens un Epoux.

** A R U É R I S , en lui offrant la main.*

Je partage le prix d'un triomphe ſi doux !
Et vous Peuple aimable,

---

*Il donne à O R I E une Couronne de Mirthe.

L'Himen va couronner vos efforts généreux.
Venés, qu'une chaîne durable
Vous uniffe & vous rende heureux.

SECOND BALLET.

Tous ceux qui ont difputé les différens Prix des Arts forment ce Ballet.

A RUÉRIS, alternativement avec ORIE,

ET LES CHŒURS.

Himen, c'eft le jour de ta gloire,
Vole, allume tes feux au flambeau de l'Amour.
Qu'à jamais de cet heureux jour
Les Jeux, & les Plaifirs confacrent la mémoire.

Himen, c'eft le jour de ta gloire,
Vole, allume tes Yeux au flambeau de l'Amour.

F I N.